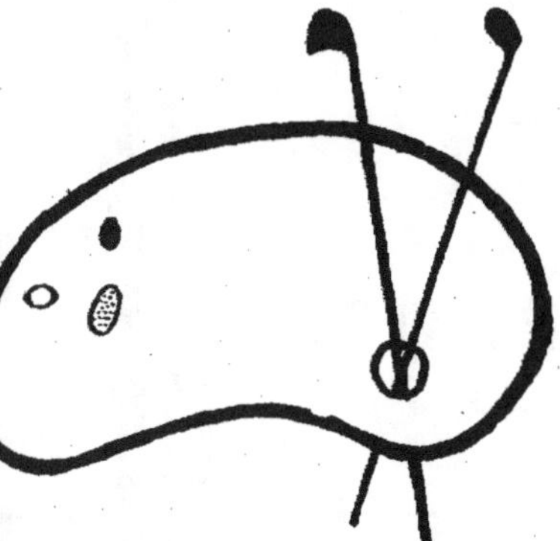

DEBUT D'UNE SERIE DE DOCUMENTS
EN COULEUR

Couverture inférieure manquante

LE
PÉRIGORD LITTÉRAIRE

PAR

N. FOURGEAUD-LAGRÈZE.

Discours Préliminaire.

PRIX : 30 Centimes.

RIBÉRAC

IMPRIMERIE CAMILLE CONDON, PLACE NATIONALE.

1874.

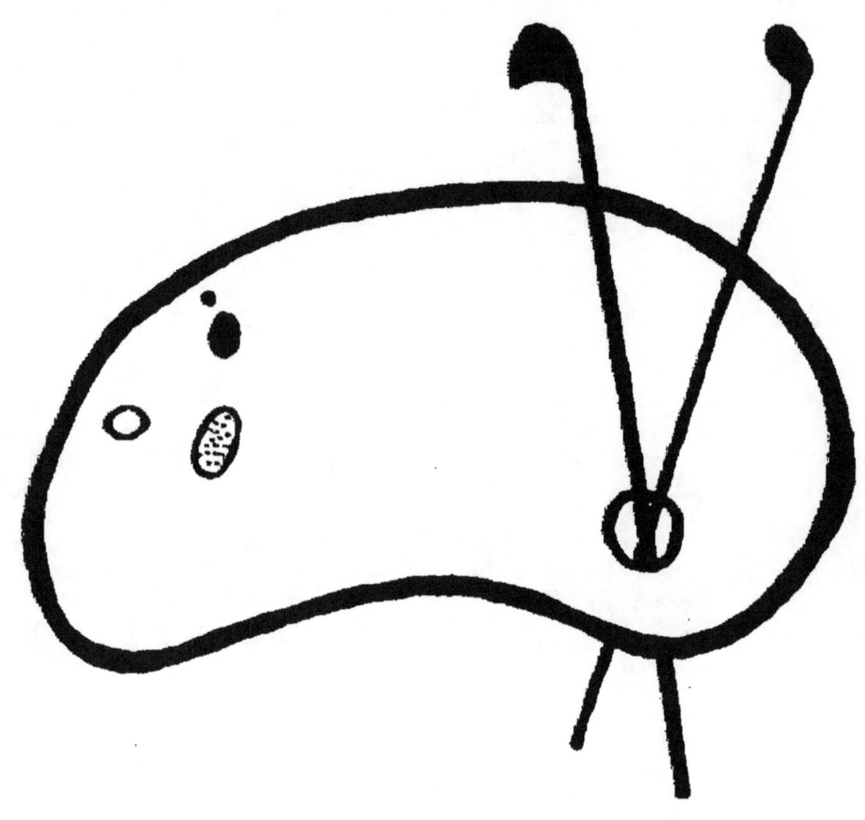

FIN D'UNE SERIE DE DOCUMENTS
EN COULEUR

LE
PÉRIGORD LITTÉRAIRE

PAR

N. FOURGEAUD-LAGRÈZE.

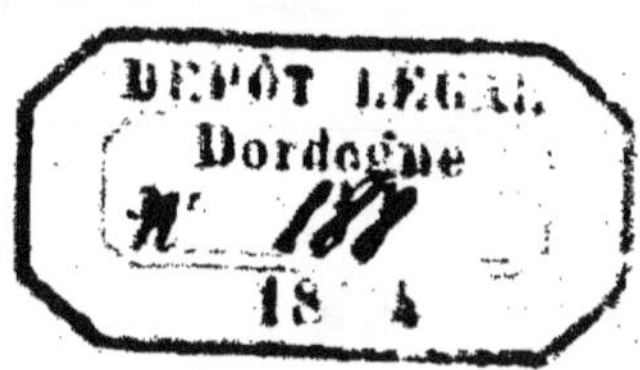

Discours Préliminaire.

RIBÉRAC

IMPRIMERIE CAMILLE CONDON, PLACE NATIONALE.

—

1874.

DISCOURS PRÉLIMINAIRE.

Le Périgord a vu naître beaucoup d'hommes qui se sont distingués dans les lettres, dans le sciences et dans la carrière des armes. C'est-là, dit-on, le privilége des pays où le commerce et l'industrie, peu développés, n'absorbent qu'une faible portion des activités locales. Mais, qu'ils le doivent à cette cause ou bien à une autre, les Périgourdins se montrent justement fiers des illustrations en divers genres qu'a produites notre province. Et l'on est toujours sûr de captiver leur bienveillante attention, quand on leur parle de ceux de leurs compatriotes qui se sont rendus célèbres, des livres qu'ils ont écrits, des travaux qu'ils ont exécutés ou des hauts faits qu'ils ont accomplis.

Lorsqu'une province compte au nombre de ses enfants une multitude d'écrivains de talent, parmi lesquels plusieurs de premier ordre, c'est avec juste raison qu'elle s'en enorgueillit plus que de tout autre chose. Il n'est pas de gloire plus enviable ni plus solide.

L'éclat des hautes fonctions est passager, et l'honneur qui en rejaillit sur le lieu de naissance de celui qui en est momentanément revêtu, n'a qu'une courte durée. La splendeur du rang éblouit le vulgaire, et la réputation d'un homme d'état, presque toujours surfaite dans un intérêt de parti, lui survit rarement. Quelques années après sa mort, les habitants de sa ville natale se rappellent à peine qu'il a existé. Cela est vrai pour les hommes d'une réelle valeur, que sera-ce s'il s'agit d'un personnage médiocre qu'un caprice de la fortune s'est plu à élever à un poste auquel rien ne l'appelait ?

Montaigne et Fénelon vivront dans la mémoire des hommes autant que la langue française.

Les écrivains ne meurent jamais tout entiers, et le peuple, s'il ignore leurs ouvrages, sait au moins les noms de La Boëtie, Brantôme, Cyrano, Lagrange-Chancel.... Le plus infime laisse toujours, après lui, quelque livre qu'un curieux, un jour ou l'autre, dénichera dans un coin poudreux de bibliothèque, et, l'ayant épousseté, le remettra en lumière. Cette résurrection équivaut, pour l'auteur, à une nouvelle naissance : il revivra encore quelque temps d'une nouvelle vie, et son souvenir ne périra d'une manière définitive qu'après avoir été ressucité plus d'une fois.

Il y a juste cent ans, en 1774, le ministère comptait parmi ses membres un périgourdin du nom de Bertin :

ce n'était pas un de ces administrateurs dont le passage aux affaires ne laisse aucune trace. Il se signala par des créations utiles et qui vivent encore. C'est lui qui eut l'idée d'établir à Paris un dépôt général des Chartes et de faire rechercher les documents inédits, relatifs à l'histoire de France. Sa sollicitude s'étendit particulièrement à tout ce qui regarde l'agriculture et l'industrie. Il fonda l'école vétérinaire de Lyon et encouragea la formation de plusieurs sociétés agricoles. Il fit faire de notables progrès à la manufacture de porcelaine de Sèvres, en allant jusqu'en Chine emprunter aux ouvriers de ces contrées lointaines leurs procédés de fabrication si réputés. Les collections de dessins de la manufacture s'enrichirent, sous son patronage, de copies, prises sur les lieux, de ces ornements, si variés de formes et de couleurs, dont les peintres chinois décorent leurs potiches 1 . Nos artistes français y puisèrent d'heureuses inspirations. Et pourtant Bertin est encore plus inconnu que Marc de Mailliet, le ridicule poëte de la reine Marguerite de Valois. Que de glorieux soldats sont ensevelis dans un oubli profond, d'où nul ne songera jamais à les tirer ! Mais un théologien obscur a composé, en latin, un lourd traité que personne ne lit plus, le livre, devenu rare, est passé à l'état de bouquin de prix, et voilà le nom de ce théologien assuré de l'immortalité ! (2

Ne crions point cependant à l'injustice, à l'ingratitude, et n'accusons que la nature des choses. L'invention de l'imprimerie a fait du livre le plus impérissable de tous les monuments, et il n'y a pas aujourd'hui que les Horaces, qui puissent dire de leurs œuvres : « J'ai bâti un ouvrage plus durable que l'airain. » Une émeute suffit à renverser cent statues de marbre, et les révolutions transforment souvent en canons et en gros sous les héros de bronze. Il s'est fait bien des bourres de fusil, depuis le règne de Louis XIV ; les épiciers ont vendu des montagnes de poivre en cornet, et malgré cette énorme dépense de papier noirci d'encre d'imprimerie, on voit encore, de loin en loin, aux étalages des bouquinistes des quais de Paris, un exemplaire complet des longs et ennuyeux romans de La Calprenède.

L'histoire littéraire du Périgord est un vaste champ d'exploration pour qui voudrait le parcourir d'un bout à l'autre. De Marcus Cornélius Fronto, précepteur et ami de l'empereur Marc Aurèle, s'il est vrai qu'il fût périgourdin, jusqu'au temps présent, on compte dix-sept siècles révolus, pendant lesquels notre pays a fourni à la France quelques-uns des plus beaux fleurons de sa couronne littéraire.

Les Romains tenaient en égale estime l'art oratoire et l'art de la guerre, aussi, non contents des nombreuses écoles qu'ils avaient instituées chez eux et où l'on enseignait à la jeunesse romaine la rhétorique et les autres arts libéraux, ils s'empressaient d'en établir dans chaque province, à mesure qu'ils l'incorporaient à leur immense empire.

Après la conquête des Gaules, Jules César envoya des professeurs dans les principales cités gauloises, et bientôt ces nouvelles écoles purent rivaliser avec celles de Rome elle-même. Elles se maintinrent dans un état florissant jusqu'aux invasions des Barbares.

Vésone eut la sienne, qui ne fut sans doute pas inférieure à la plupart des autres.

Sidoine Apollinaire, qui vivait au V⁵ siècle de notre ère, écrivait au célèbre rhéteur Lupus, son ami :

» Que font tes Nitiobroges (Agenais), tes Vesunnici
» (habitants de Vésone), eux chez qui le désir de te
» posséder fait naître sans cesse une sainte contesta-
» tion ? Tu appartiens à l'un de ces peuples par ton pa-
» trimoine ; à l'autre, par ton mariage. Celui-là te
» réclame pour t'avoir vu naître ; celui-ci, pour t'avoir
» donné une épouse ; ce qui est mieux, tous les deux
» te réclament avec raison. Que tu es heureux, grâces
» au ciel, au milieu de toutes ces choses, puisque tu
» mérites que, pour t'avoir et te posséder plus long-
» temps, l'amour des peuples rivalise de zèle ! Mais
» toi, en leur accordant tour à tour ta présence, tu
» rends tantôt Drépanius aux uns, tantôt Anthédius
» aux autres. Veulent-ils un orateur, ils n'ont lieu de
» regretter ni Paulin, ni Alcimus. » (LETTRES, liv. VIII.

lett. 11; *traduction de MM. Grégoire et Collombet.)* (3)

Sidoine Apollinaire, par ses nombreuses relations, était très au courant des choses littéraires de son temps, et il est permis de s'en rapporter à son témoignage si flatteur pour l'école de Vésone, bien qu'aucun des écrits des hommes de talent qu'il nous cite, ne soit parvenu jusqu'à nous.

Mais les rhéteurs Lupus, Anthédius et Paulin ne sont pas les seuls écrivains de mérite dont s'honorait alors la cité des Vesunnici, le même Sidoine Apollinaire, parle ailleurs d'un autre Anthédius qu'on croit avoir été le fils du premier et qui cultivait la poésie ; il avait mis en vers des sujets d'astronomie, comme semble l'indiquer ce passage d'une lettre de Sidoine à Pontius Léontius : « Tu as près de toi Phébus qui, par droit
» de poésie, est devenu ton hôte, de dieu qu'il était, ce
» Phébus à qui mon Anthédius est si cher qu'il l'a
» élevé au premier rang de ses favoris; car Anthédius
» les surpasse tous en musique, en géométrie, dans la
» science des nombres et en astrologie. Nul, à mon
» gré, ne connaît mieux que lui les détours obliques
» du Zodiaque, le cours errant des planètes et la mar-
» che des astres jetés çà et là dans l'espace. Il a telle-
» ment approfondi cette partie savante de la philosophie,
» que, de lui-même et sans aucun secours, son heu-
» reux génie s'est élevé à la hauteur de Julius Firmicus,

» de Samm_nicus, de Julianus Vertacus, de Fullonius
» Saturninus, ces mathématiciens habiles. Je me pros-
» terne devant son érudition, et je confesse qu'en pré-
» sence de ce cygne mélodieux, je ne suis qu'une oie
» enrouée. » (Poésies. Lettre d'envoi d'une petite
pièce de vers intitulée : *Le Burgus de Pontius Leontius.*
— *Traduction de MM. Grégoire et Collombet.*) (4)

Nous n'avons rien du poète Anthédius.

Paulin, le rhéteur a eu, lui aussi, un fils qui est
connu sous le nom de Paulin de Périgueux, *Paulinus
Petricordius.* Un heureux hasard nous a conservé le
poème en six chants que Paulin de Périgueux a écrit
sur la *Vie de Saint-Martin de Tours.* Ce poème, d'une
latinité généralement pure et correcte et d'une versifi-
cation facile, est surtout précieux à cause des détails
qu'il contient sur les usages des chrétiens de l'époque,
les mœurs et les actes des Barbares. Il resta longtemps
oublié, et ce n'est qu'au XVIe siècle qu'il fut retrouvé
par le savant Pierre Pithou. Depuis lors, il a été plusieurs fois imprimé ; il en existe au moins une traduction française.

La civilisation romaine disparut en Gaule sous
l'invasion germanique. Cette disparition ne s'opéra
pas instantanément : elle fut précédée d'une longue
décadence. Puis vinrent enfin des siècles de profondes
ténèbres, sous les rois mérovingiens. Les lettres
latines s'étaient réfugiées dans les cloîtres et les églises :

le clergé seul avait conservé l'amour de l'étude. Mais ses connaissances n'étaient pas fort étendues. Il parlait latin, mais quel latin! ce n'était plus la langue de Virgile et de Cicéron, et Grégoire de Tours pouvait écrire au VIe siècle : « La culture des arts libéraux

  » décline ou plutôt périt dans les villes de la Gaule, la
  » férocité des peuples sévit, la fureur des rois s'aiguise,
  » et la plupart des hommes gémissent en disant :
  » Malheur à nos jours ! parce que l'étude des lettres
  » périt au milieu de nous ! »

Charlemagne remit le savoir en honneur; il prêcha d'exemple, et devint l'un des hommes les plus instruits de son temps. Ce fut une première renaissance dont les effets ne se firent pas sentir immédiatement d'une manière bien générale. Mais la Barbarie était définitivement arrêtée : elle recula de jour en jour devant le progrès croissant des lumières, avec lenteur d'abord, puis en accélérant sa retraite, à mesure qu'on avançait vers les temps modernes.

Une habitude à laquelle nous devons de précieux matériaux historiques pour ces époques obscures du moyen-âge, s'introduisit de bonne heure dans les monastères. On y tenait exactement registre des événements les plus marquants qui se passaient tant dans l'intérieur du couvent qu'au dehors. Par la sécheresse des détails et l'aridité du style, ces annales monacales dont le nombre est formidable, offrent à l'historien, qui ne peut se dispenser de les consulter, une lecture insipide et rebutante. Au X⁰ siècle, un moine périgourdin, natif de Villefranche, Aimoin entreprit de recueillir, dans ces chroniques éparses, tout ce qui était relatif à notre histoire nationale et de le rédiger en corps d'ouvrage : il s'engageait à corriger la latinité barbare des originaux. Aimoin a tenu parole, il n'est qu'un simple chroniqueur, comme ses devanciers, et ne mérite pas plus qu'eux la qualification d'historien, mais son livre est d'une pureté de style et d'une correction remarquables pour son siècle. Il a composé aussi une vie d'Abbon, abbé des bénédictins du monastère de Fleury-sur-Loire, où il était lui-même religieux, et un petit poème sur Saint-Benoit, le patron de son ordre. Ses œuvres font partie du volumineux recueil des *Historiens des Gaules et de la France* de dom Martin Bouquet. Il mourut en 1008.

Environ cent cinquante ans plus tard, la petite commune de Clermont, près d'Excideuil, donnait le jour à un autre chroniqueur latin, Geoffroy, prieur de Vigeois en Limousin. La chronique de Geoffroy n'a pas la valeur littéraire de celle d'Aimoin, mais elle jette un grand jour sur l'histoire d'Aquitaine ; elle va de 996 à 1184. Le Père Labbe l'a insérée dans le Tome II de sa *Nouvelle bibliothèque des ouvrages manuscrits.*

Mais une langue nouvelle venait de surgir sur le sol

de la France, à côté du latin, qui demeura encore pendant plusieurs siècles la langue savante : c'était le roman. Il se divise en deux dialectes distincts, celui du nord et celui du midi.

Toutes les littératures débutent par la poésie, non point, comme on pourrait le croire, parce que les idiomes naissants ont un caractère poétique qui s'affaiblit chez eux en vieillissant, mais parce qu'ils correspondent à un état de civilisation où il n'existe qu'un très petit nombre d'idées très simples. La langue poétique avec son rythme et les ornements dont elle est susceptible, permet de présenter ces idées sous mille formes diverses, qui en dissimulent, à la fois, la pénurie et la trivialité. Encore aujourd'hui, lorsqu'on veut dire quelque rengaine ou quelque pauvreté qui ne serait pas tolérable en prose, on la met en vers.

La littérature romane obéit à cette règle générale et commença par la poésie. Les poètes du nord prirent le nom de *Trouvères* et ceux du midi, celui de *Troubadours*.

L'époque florissante des Troubadours embrasse tout le XIIᵉ siècle et plus de la moitié du XIIIᵉ. Il se produisit un mouvement poétique d'une grande intensité, auquel nul autre depuis n'a pu être comparé.

Le Périgord y tint un des premiers rangs. En tête de la phalange des Troubadours périgourdins brillèrent: Bertrand de Born, Arnaut Daniel de Ribérac, Arnaut de Mareuil et Giraud d'Excideuil. Le Dante et Pétrarque, leurs contemporains, donnent la palme à Arnaut Daniel ; les modernes préfèrent, au contraire, Arnaut de Mareuil. Cela tient peut-être à ce que nous ne possédons que très peu de chose du premier et que ses meilleurs poëmes, ceux auxquels il dut sa grande réputation, ne sont pas arrivés jusqu'à nous.

Le roman méridional ou langue d'oc déclina rapidement ; la société polie ne tarda pas à l'abandonner pour son rival du nord, moins brillant, mais plus fortement constitué. A partir du XIVe siècle, il n'y eut plus en France qu'une seule langue vulgaire. Nous ne comptons pas ces jargons provinciaux, sans fixité, variant à l'infini de bourgade à bourgade et s'altérant de jour en jour, qui sont devenus les patois actuels.

Le français n'atteignit pas, d'un bond, ce degré de perfection auquel il devait s'élever par la suite. Aimar de Ranconnet, natif de Périgueux, que ses malheurs ont illustré non moins que sa science profonde en jurisprudence et en linguistique, a consigné dans son *Thrésor de la langue françoise, tant ancienne que moderne,* les variations de notre langue, depuis ses origines jusqu'au XVIe siècle.

Ici s'ouvre l'ère moderne : nous sommes en pleine Renaissance. Le Périgord y est dignement représenté par Montaigne, La Boétie, Brantôme et quelques autres dont il ne serait pas permis de taire les noms dans une énumération complète des gloires littéraires de notre province.

Cyrano Bergerac, La Calprenède, Fénelon, Christophe de Beaumont, archevêque de Paris, connu surtout par ses démêlés avec Voltaire, Jean-Jacques Rousseau et les philosophes du XVIII° siècle ; La Grange-Chancel, Maine de Biran, le moraliste Joubert forment les anneaux marquants d'une chaine qui s'étend, sans discontinuité, du règne de Louis XIII à l'époque actuelle.

La vie de tous ces hommes illustres, leurs ouvrages dont le nombre est si grand et dont quelques-uns sont des chefs-d'œuvre, voilà bien des sujets d'études pour l'historien des lettres périgourdines. Mais ce n'est pas tout.

Notre littérature patoise renferme des richesses qu'il ne dédaignera pas. Elle comprend, non-seulement les livres imprimés dans nos idiomes locaux, mais aussi une infinité de légendes, de contes et de chansons que nos paysans se transmettent de génération en génération par la tradition orale.

L'Eglise du Périgord a eu des prédicateurs de renom ; les barreaux de nos villes ont eu des avocats éloquents, et nous avons envoyé aux assemblées politiques de la France des orateurs qui ont remporté de brillants succès à la tribune nationale. Les lettres les réclament, quoique souvent ils n'aient rien laissé d'écrit. Leurs biographies et l'appréciation de leurs talents oratoires donneraient matière à quelques chapitres de notre histoire littéraire.

Les publicistes et les journalistes sont, eux aussi, des hommes de lettres. Il n'existe des journaux dans la Dordogne que depuis une quarantaine d'années, mais dans ce laps de temps assez court, il s'est trouvé, à diverses reprises, des écrivains distingués à la tête de leurs rédactions. La presse périodique, c'est encore de la littérature.

Des recherches concernant nos imprimeurs et nos libraires périgourdins, leurs établissements industriels et les produits typographiques qui sont sortis de chez eux, ne forment-elles pas un appendice tout naturel à une histoire littéraire du Périgord ?

Et les acteurs dont le concours est souvent si nécessaire à l'interprétation des œuvres des auteurs dramatiques, qu'on a vu parfois des pièces fort applaudies au théâtre, ne pouvoir supporter la lecture, serait-il juste de les oublier ? Le plus grand artiste, qui ait paru sur la scène française, après Talma, Pierre Lafon est né à Lalinde.

Ainsi donc, même limité à une seule province, le domaine de l'histoire littéraire est très étendu, et les érudits de cette province qui le prennent pour but de leurs patientes investigations, peuvent toujours espérer d'avoir la bonne fortune d'y découvrir un petit coin inexploré, quel qu'ait été le nombre des explorateurs qui les ont précédés.

Pour moi, simple fureteur de livres et nullement érudit, j'ai promené ma fantaisie à travers un tas de bouquins et de paperasses, butinant par ci par là, un fait curieux, une anecdote amusante, un renseignement inédit ou peu connu, ramassant tout ce qui avait trait à l'histoire littéraire du Périgord. Ma récolte faite, j'ai étiqueté ces notes, *colligées es livres vielz et anticques* ou cueillies dans les livres nouveaux, puis, les ayant classées par ordre de matières, j'ai rédigé en un même article, sous un même titre, toutes celles qui se rapportaient à un même sujet. Voilà comment ont été faites ces ÉTUDES *(entretiens, causeries, simples notes ou tout ce qu'on voudra.)* Elles ont déjà paru, pour la plupart, dans le *Journal de Ribérac,* petite feuille hebdomadaire, semblable, en tout, à celles qui se publient dans les autres arrondissements du département et des départements voisins. C'est-à-dire que ce n'est point-là un de ces recueils spéciaux où les érudits publient les résultats de leurs doctes travaux. Les lecteurs auxquels je me suis adressé ne forment point un public trié ; ce sont les abonnés du journal, recrutés un peu partout, dans tous les rangs de la société. J'ai voulu que tout le monde pût me lire et me comprendre sans efforts. Outre que mon savoir m'interdisait des prétentions plus élevées, j'ai toujours pensée qu'il n'y a pas moins de mérite dans une œuvre de vulgarisation historique ou autre, utile ou simplement agréable à la masse générale, que dans un travail très approfondi, mais dont profiteraient seulement les esprits ayant reçu une culture au-dessus du commun.

J'aurais pu faire un gros livre.

Mais les études ou notes dont doit se composer le *Périgord littéraire* étant indépendantes les unes des autres, chacune d'elles peut parfaitement être publiée à part. C'est pourquoi j'ai adopté, pour leur publication, un mode qui me parait présenter plusieurs avantages.

Au lieu d'offrir au public un ou deux volumes dont l'épaisseur l'eût certainement effrayé, je les ai découpés en autant de minces brochures qn'il y a de sujets différents de traités. Chaque livraison, d'un nombre de feuilles nécessairement variable, mais d'un format uniforme, contiendra une monographie complète avec titre et pagination séparés. De la sorte on sera dispensé d'acheter la collection entière pour se procurer telle ou telle partie qu'on désirerait avoir.

Les livraisons seront mises en vente au fur et à mesure qu'elles paraitront, sans qu'il soit fait à l'avance aucun appel à la bourse des souscripteurs.

Ce que j'entreprends aujourd'hui, c'est une publication d'opuscules détachés, n'ayant d'autre lien entre eux que d'être tous relatifs à l'histoire littéraire du

Périgord ; je pourrai donc la continuer indéfiniment, si le public lui fait un bon accueil, ou l'arrêter à n'importe quel moment, dans le cas contraire.

Mais pourquoi redouterais-je de la voir mal accueillie ? — Parce que ce n'est guère qu'une compilation où j'ai mis bien peu du mien ?

Un peintre reproduit sur sa toile les fleurs des champs ; il les groupe avec art, et par l'harmonie des couleurs et l'élégance du dessin, son tableau fait l'admiration des connaisseurs et charme les yeux de tout le monde ; les plantes desséchées d'un modeste herbier n'ont pas cet éclat ni cette superbe prestance, et pourtant, comme elles sont demeurées telles que la nature les a faites, c'est à elles qu'ira demander le secret de leur structure, le botaniste qui n'aura pas été assez heureux pour les rencontrer sur pied. De même les amis de notre littérature périgourdine, avertis qu'ils trouveront dans mes petits livres de nombreux extraits d'ouvrages rares et quelquefois même des pièces inédites, ne les jugeront pas d'après leur humble format et me sauront gré, je l'espère, de les avoir composés sur ce plan, plutôt que d'avoir essayé de résumer, en un grand tableau bien savant et d'un beau style, toute l'histoire littéraire du Périgord.

Pour peindre, il faut être artiste, et pour faire ce que j'ai fait, il suffit des qualités moins brillantes du chercheur.

NOTES.

(1) Voici une lettre de Bertin, relative à ces recherches qu'il faisait faire en Chine ; elle est adressée au Maréchal de Richelieu et fait partie de ma petite collection d'autographes :

« 14 avril

« Permettés moy, Monsieur Le marechal, de vous Recom-
» mander notre correspondance litteraire de Chine ; m. le lieu-
» tenant de police vous fera voir, a ce que j'espere, que vous
» pouvés aisément La Rendre moins pauvre sans qu'il en coute
» Rien au Roy : j'espere aussi que vous trouverés le Roy bien
» disposé ; apres avoir lû L'extrait de la Correspond^{ce} de cette
» année, il m'a bien voulu permettre de mander a m. Amiot
» notre principal ouvrier qu'il luy en scavoit gré. Cette Corres-
» pond^{ce} a Deja d'ailleurs procuré 11 a 12 volumes curieux et
» utiles, et beaucoup de Desseins dont la manufacture de
» Porcelaine a bien profité : nous ferions mieux si nous étions
» moins pauvres.

« j'ay L'honneur, d'etre Monsieur le marechal, avec
» Le plus sincere et le plus parfait attachement,
» votre tres humble et tres obeissant serviteur

» BERTIN. »

(2) Par exemple : BERTAUD, théologien, né à Latourblanche, auteur de l'*Eloge des trois Maries : Encomium trium Maria-rum cum earumdem cultus defensione adversus Luthe-ranos*, volume imprimé à Paris en 1529.

(3) « Quid agunt Nitiobroges, quid Vesunnici tui, quibus de te
» sibi altrinsecus vindicando nascitur semper sancta contentio?
» Unus te patrimonio populus, alter etiam matrimonio tenet ;
» cumque hic origine, iste conjugio, meliùs quod uterque
» judicio. Te tamen, munere Dei inter ista felicem, de quo
» diutiùs occupando possidendoque operæ pretium est, votiva
» populorum studia configere! Tu vero utriusque præsentiam
» tuam disposite vicissimque partitus, nunc Drepanium illis,
» modo istis restituis Anthedium. Etsi à te instructio rhetorica
» poscatur, hi Paulinum, illi Alcimum non requirunt. »

(4) « Habes et Phœbum quem tibi jure poetico inquilinum
» factum constat ex numine, illum scilicet Phœbum Anthedii
» mei perfamiliarem, cujus collegio vir præfectus, non modo
» musicos quosque, verum etiam geometros, arithmeticos, et
» astrologos disserendi arte supervenit ; si quidem nullum hoc
» exactiùs compertum habere censuerim, quid sidera zodiaci
» obliqua, quid planetarum vaga, quid exotica sparsa præva-
» leant. Nam ita, ut sic dixerim, his membris philosophiæ claret,
» ut videatur mihi Julium Firmicum, Sammonicum, Julianum
» Vertacum, Fullonium Saturninum, in libris matheseos peri-
» tissimos conditores absque interprete, ingenio tantum suffra-
» gante, didicisse. Nos vestigia doctrinæ ipsius adorantes coram
» canoro cycno raucum anserem profitemur. »

143